GILBERT SORE

Mon Vieux Pays

POÈMES DE LA LANDE

PRIX : 10 FRANCS

BORDEAUX
IMPRIMERIES GOUNOUILHOU
9-11, rue Guiraude
1926

GILBERT SORE

Mon Vieux Pays

POÈMES DE LA LANDE

BORDEAUX
IMPRIMERIES GOUNOUILHOU
9-11, rue Guiraude
1926

A LA VILLE

A MES ANCÊTRES

Invocation.

NOTRE antique Boïos ! ô ville de légende !
Le rêve de tes fils a tressé sa guirlande
Autour de ton histoire où les pins ont chanté.
Que reste-t-il de toi ? Quelque obscur palimpseste !
O mère du village élargi de la Teste,
Ecarte de mon cœur la coupe du Léthé !

Alors je chanterai, moi, modeste mésange.
J'apporterai vers toi ma moisson, ma vendange ;
D'un amour inquiet je soignerai mon los ;
A ton mur glorieux j'ajouterai ma pierre ;
Nous te ferons surgir du triste cimetière
Et du morne sépulcre où tu dormais, Boïos !

Je voudrais composer comme un pieux cantique
Que tes fils chanteraient dans un élan mystique
Vers la rive inconnue où ton nom s'effaça ;
Ainsi tu surgirais sur le bord de la grève,
Comme une fleur sublime en la nuit d'un doux rêve,
Comme les pèlerins se tendent vers Lhassa.

Ainsi tous les Boïens, race guerrière et forte,
Ainsi la décurie et la romaine escorte,
Ainsi les serfs questaux d'un long joug féodal,
Tous ces rudes aïeux, qui mêlent en notre âme
Leur destin différent, entendraient le « Sésame »
Qui nous les montrerait pétris d'un pur métal.

Et les connaissant mieux, connaissant l'humble chose,
L'humble effort de chacun dressant l'apothéose
Qui surgira bientôt du fond de l'horizon,
Lors chaque Testerin se verrait dans le chêne
De la longue lignée où l'histoire l'enchaîne,
Comme un rameau venu la dernière saison.

A mon Aïeul.

MODESTE *arrousiney*, mon aïeul, ô mon maître!
Tu vécus dans les pins, pour les pins, ton bonheur!
Terme prédestiné d'une chaîne d'ancêtre
Qui remonte à Boïos dans le passé mineur,

Je pense à toi souvent! Tu vis tarir la source;
Aucun de tes enfants ne devint un gemmeur.
Longtemps tu t'obstinas; mais chacun prit sa course
Comme un grain trop léger dans la main du semeur.

Pourtant tu n'es pas mort tout entier, ô cher homme!
Ni ton humble lignée aux rustiques convois.
Les siècles ont mûri l'atome après l'atome,
Pendant que s'effaçaient les moissons et les voix!

Toute chose, ici-bas, disparaît et s'oublie;
Le cœur humain s'exalte en des concepts nouveaux;
Creuset vertigineux, l'univers multiplie
Les échos du passé flottant sur nos travaux.

Et nous continuons, débiles et superbes,
L'œuvre de nos aïeux plutôt que d'innover;
Ainsi l'arbre puissant, ainsi les jeunes herbes
Puisent, dans les sucs morts, la force de lever;

Ainsi je sens parfois des frémissements d'hommes,
Dans mon cœur douloureux de toutes ces rumeurs;
C'est toi, mon cher Aïeul; c'est vous, Jacques Bonhommes;
Et je frissonne encor de toutes vos clameurs,

Et de votre pensée, et de votre misère,
Et des sursauts ardents que le sort vous donna.
Oui, je suis votre écho, mes aïeux, mon grand-père,
Et je suis fier de vous. Hosanna! Hosanna!

Je vous dois mon esprit, je vous dois tout mon être;
J'ai puisé longuement le suc de votre effort;
Et j'aurai le devoir, quelque jour, de transmettre
L'héritage sacré plus vivant et plus fort.

LES TEMPS ANCIENS

Boïos.

Au Docteur FERNAND *LALESQUE.*

L'ORGUEILLEUSE Boïos en la forêt sommeille,
Comme un nid qui se cache et gaiement s'ensoleille
Au souffle lumineux et calme de midi;
Et l'or des chaumes roux éclate et s'illumine
Quand le soleil caresse et fleurit la chaumine
Où le Boïen médite un songe trop hardi.

Vers l'ouest, c'est la mer, sublime, illimitée,
Qui chante quelquefois, ainsi que Galatée,
D'une voix tendre où passe un murmure enfantin;
La mer, terrible dieu qui dévore la terre,
Qui porte dans son sein l'insondable mystère
De la chute du ciel à l'horizon lointain.

Et la forêt dessine une sombre guirlande;
Plus loin, vers l'orient, vers le sud, c'est la lande,
C'est la plaine stérile et le marais malsain.
Aussi loin que l'écho répercute ses ondes,
Le cor ne touchera de ses notes profondes
Qu'un héron nostalgique ou quelque marcassin.

Parfois, quand vient le vent de la mer océane,
Le vent qui hurle à mort et, comme une liane,
Tord le pin centenaire au geste d'encensoir,
Avec de grands bruits sourds, la forêt se balance
Et courbe sur Boïos sa frondaison immense,
Son aile maternelle ainsi qu'un reposoir.

Les Romains.

Les conquérants romains ont marqué leur passage,
Le soc de leur charrue a tracé des sillons,
Et la lande farouche a changé de visage :
C'est une plaine verte où chantent les grillons.

La forêt s'est ouverte en de larges clairières,
Et de grands bâtiments ont été plantés là,
Comme un petit village enclos de ses barrières
Où le Romain commande et vit : c'est la villa.

Ainsi d'autres villas entourent l'âpre ville,
La Boïos millénaire au passé glorieux ;
Et les Boïens altiers sont la foule servile,
Le troupeau résigné des temps laborieux.

Partout, c'est la chanson de la peine de l'homme,
C'est l'obscure rumeur de ces âges maudits
Où les vaincus seront d'humbles bêtes de somme,
Ruminant leur misère aux espoirs interdits.

Partout, les paysans ouvrent la lande en friches;
Dans la cour, un vieil âne entraîne le moulin;
Là-bas, dans la forêt où paissent les pouliches,
De coups profonds et sourds l'air résonne et se plaint.

Et le maître parfois, dans les soirs lourds et sombres,
Promène son orgueil aux bornes de son champ,
Sans voir qu'auprès de lui s'en retournent des ombres
Dont l'œil garde un reflet des pourpres du couchant.

Les Voies romaines.

Le village boïen, modeste chrysalide
Dont la forêt cachait l'étonnant devenir,
Le village boïen n'est plus qu'un souvenir
Que berce, au vent du soir, quelque chanson timide !

Les siècles ont passé, confondant leurs rumeurs
Au lourd piétinement de la foule asservie ;
Ils sont comme un creuset où bouillonne la vie,
Comme des bûcherons escortés de semeurs.

Et Boïos, qui vivait un égoïste rêve,
S'éveilla quelque jour aux cris des légions :
Les Romains épandaient, aux vents des régions,
Leur vague de guerriers qui déferle sans trêve.

Mais l'effort orgueilleux du peuple des Césars
Pénètre le pays et lentement s'impose ;
Et bientôt, sur Boïos, dans une apothéose,
S'étale la splendeur et la grâce des arts.

C'est la riche Boïos de la riche Aquitaine,
C'est la belle cité des temps gallo-romains;
Voici qu'à l'horizon, par de larges chemins,
La ville tend ses bras vers quelque sœur lointaine.

C'est Losa, vers le sud, Ségosa, Mosconum,
Aquœ Tarbellicis, la ville de l'eau chaude,
Puis la route, escortant le fleuve d'émeraude,
Traverse, au pied des monts, la fraîche Lapurdum.

Vers l'est, la voie atteint le pays biturige,
Touche à Burdigala, qu'un éclatant destin
Posa, lourd d'avenir, sur le fleuve aquitain,
Astre dont le triomphe à l'horizon s'érige.

Les Vandales.

Boïos, ville de la Novempopulanie,
Boïos, où les grands bois, énorme symphonie,
Mêlaient, au grondement de l'Océan sans fin,
Les longs bruissements d'un poème divin;
Boïos, ville des bois qui donnent la richesse,
Où, des pins torturés, coule, coule sans cesse
Une profusion superbe de ces pleurs
Que le soleil transforme en précieuses fleurs;
Boïos, chantée un jour par le poète Ausone;
Boïos, sauvage et douce au chevreuil qui frissonne;
Pays des fiers Boïens, ces guerriers orgueilleux
Qui, mêlés aux Gaulois, — ô parcours merveilleux! —
Allèrent en Bohème, en Bavière, en Calabre,
Partout où le Boïen, dont le cheval se cabre,
Emporté, ballotté dans l'air voluptueux,
Se lance d'un essor qu'il veut impétueux;
Boïos, sous les Romains petite capitale,
Ville riante et gaie où la route s'étale,
Qui va de Lapurdum jusqu'à Burdigala,
Traversant la forêt, bordant quelque villa,

Et semée au hasard d'humbles tombes païennes;
Boïos, qui vit bientôt quelques foules chrétiennes;
Boïos, au fier passé des hommes résolus;
Boïos, aux sables d'or, Boïos, Boïos n'est plus!

Comme un noir tourbillon de folie et de haine,
Comme un essaim maudit, déferlant sur la plaine,
Qui ne laisse après lui que ruine et trépas,
Caprice déchaîné qui ne pardonne pas
Et roule son délire aux suprêmes scandales,
Boïos a vu passer le troupeau des Vandales.
Et, pendant de longs jours, funeste embrasement,
Au bruit sourd et confus de cet écroulement,
Les grands bois ont brûlé de la cime à la base.
Et tous les survivants voyaient, comme en extase,
Les flammes, la fumée, en vivants tourbillons,
Consumer follement leur richesse en haillons,
Et fondre devant eux ce bouclier d'Hercule,
Ce labeur de géant, énorme tentacule
Que leur race jeta, qui fixait l'avenir
Et tenait rudement le sol comme un menhir,
Ce sol qui s'abîmait où la vague déferle,
Où le vent mord le sable et le prend, perle à perle,
Pour le rouler au loin vers la ville et le champ.

Et voici que s'écroule, aux pourpres du couchant,
Dans la lueur splendide et sinistre des flammes,
Pendant que des Boïens se lamentent les âmes,
Le geste des aïeux vainqueurs des éléments,
La forêt magnifique où hurlent les déments.

Photo d'art : Gaby BESSIÈRE.

" L'Arrousiney " et la Forêt.

LES CAPTAUX DE BUCH

La Corvée.

COMME sous un pinceau magique et triomphant,
Tout l'orient s'éclaire, et lentement se dore :
C'est l'heure du mystère émouvant de l'aurore
Où l'homme sent monter tous ses désirs d'enfant.

La chaumière s'éveille, étincelle et frissonne ;
Tous les bruits de la vie adorent le soleil ;
Et, note discordante en ce calme réveil,
On entend, vers le nord, une corne qui sonne.

D'un grand geste lassé, le manant testerin,
Qui partait vers le bois d'un pas lourd et tranquille,
Laisse tomber sa hache et demeure immobile :
La corne rudement répète son refrain.

Alors, le paysan reprend sa hache, gronde,
Et marche vers le cor dont la note s'éteint,
Comme un homme accablé d'un injuste destin,
Comme Atlas qui s'épuise à soulever le monde.

Et, de tous les sentiers, lourds et lents comme lui,
D'autres serfs douloureux se hâtent sur la lande.
Ils vont, comme un troupeau docile de légende,
Cependant qu'en leurs yeux une âpre flamme luit.

La corne du captal, maudite et souveraine,
A sonné la corvée en un appel brutal :
Et les serfs bâtiront le château féodal,
Avec des bras noueux qui forgent leur géhenne.

Le Retour du Captal.

CHARLES Deux de Navarre et Charles Cinq de France
Ont signé le traité de paix ; et le captal,
Le fier captal de Buch a vu sa délivrance ;
Il chemine, pensif, vers le pays natal.

Cocherel, l'an passé, ternit toute sa gloire.
Il avait la colline et tenait Duguesclin ;
Mais le damné Breton sut forcer la victoire :
Un rude capitaine à l'artifice enclin !

Et le captal revoit cette minute amère
Où l'assaut des Français allait se désunir,
Où leur fuite savante, et pourtant éphémère,
Fit descendre l'Anglais, qu'il ne put contenir.

Ses Gascons, ses soldats, ses bons compagnons d'armes
Suivirent les Anglais et trouvèrent la mort.
Et puis d'autres Gascons, — oh ! la rage des larmes ! —
L'entourèrent bientôt sans le moindre remords.

Ils étaient du Breton maudit; ils étaient trente;
Ils avaient tous promis qu'il serait prisonnier.
Oh! cruel souvenir d'une heure déchirante!
Le serment fut tenu: il fut pris le dernier,

Mais il fut pris. Un an, il alla vivre en France,
A Paris, où le roi lui donnera Nemours,
Où, libre sur parole, il vécut sans souffrance,
Mais dut prêter hommage et promettre concours.

Il a franchi la Loire et franchi la Charente;
Un nuage imprécis flotte au pied des coteaux,
Voile souple et léger que la brise tourmente
Et qu'une haute tour domine: c'est Bordeaux.

Bordeaux! Le Prince Noir, suzerain d'Aquitaine,
Ouvrira son palais, convoquera la cour,
Lorsque retentira le cor du capitaine,
Comme un appel joyeux au veilleur de la tour.

Pourtant Jean de Grailly, retenant sa monture,
Songe; un pli douloureux est inscrit sur son front;
L'accueil loyal et fier révolte sa droiture,
L'hommage à Charles Cinq ici devient l'affront.

Ainsi, le fier captal, du haut de la colline,
Evoque le passé, recherche son devoir,
Cependant qu'à l'ouest, où le soleil décline,
Vers l'horizon lointain, dans la brume opaline,
Son cœur a fait surgir La Teste et son manoir.

Dans le Captalat.

A la Teste en 1365.

Au sommet du donjon, un étendard joyeux
Frissonne au vent d'ouest et sur sa hampe claque;
Et les manants bougès, qui craignaient une attaque,
S'étonnent de revoir cet ornement soyeux.

Ils reconnaissent tous l'écu, la croix de sable
Qui porte sur ses bras cinq coquilles d'argent,
L'écu d'argent du redouté Messire Jean,
Dont la gloire déjà paraît impérissable.

Un an, le fier donjon resta découronné:
Le sire avait quitté le pays d'Aquitaine;
Les femmes avaient dit, autour de la fontaine,
Que le captal vaincu vivait emprisonné.

Et la crainte habitait aux foyers de La Teste.
Au moment du départ, on vit les habitants
Escorter l'équipage aux aciers éclatants
Des gens d'armes mauvais que le manant déteste.

4

Les serfs pensaient alors vivre un peu plus heureux,
Avoir moins de corvée et surtout moins de taille;
Pendant que le seigneur, au loin, livre bataille,
Ils ont l'illusion d'un sort moins rigoureux.

Mais voici, sur les serfs, fondre d'autres alarmes,
Lorsque, comme un secret on ne sait d'où venu,
Passa de bouche en bouche, à demi contenu,
Le nom d'un grand combat, cause de tant de larmes.

Les Bougès, depuis lors, tous les jours ont tremblé;
Leur seigneur prisonnier, ils vivaient dans l'angoisse;
Les ennemis pourraient dévaster la paroisse,
Déraciner leur vigne et ravager leur blé.

Aujourd'hui, quel espoir luit sur la tour carrée!
L'enseigne a reparu de celui qu'on attend,
Le pont-levis s'abaisse, et, parfois, on entend
Comme un bruit de galop sur la route affairée.

Bougès, ne tremble plus! Quand tu viendras, ce soir,
Reprendre auprès des tiens, en ta pauvre cabane,
La place accoutumée où, comme une liane,
Tu naquis et mourras, écoute et viens t'asseoir.

Les enfants te diront avec des yeux de rêve:
« Le seigneur, le seigneur dès demain reviendra! »
Cependant que vers l'est, dans le jour qui se lève,
L'illustre et grand seigneur que la paix libéra,

Jean de Grailly, captal de Buch, grand capitaine,
Tressaille de revoir le pays d'Aquitaine.

Le Captif.

(1376)

Le prisonnier s'ennuie au Temple, en sa prison;
Mais le roi Charles Cinq, le roi français s'obstine,
Et garde le captif qui s'emporte et piétine,
Vieux lion douloureux d'ébranler sa cloison.

Trois ans! Depuis trois ans, si longs à son attente,
Il rumine le soir l'espoir du lendemain,
Et, tout le jour, fixant les arbres du chemin,
Il donne à l'avenir la forme qui le tente.

Dès l'aube, possédé de l'espoir de Jason
Qui, chaque soir, rêvait au pays de Colchide,
Au faîte du donjon il monte et, l'œil avide,
D'un long regard d'appel explore l'horizon.

Rien n'apparaîtra-t-il? Sombre désespérance,
L'horizon est muet, l'avenir inconnu;
Pourtant, en sa faveur, on est intervenu;
Il ne veut pas mourir sur la terre de France.

Trois fois, le Prince Noir, au temps de la moisson,
Délégua vers la cour, en pompeux équipages,
De grands seigneurs gascons pour rester en otages,
Et le roi d'Angleterre offrit une rançon.

Du Nord et du Midi converge, vers le trône,
L'effort des suzerains de l'illustre captif,
Qui sèche quelquefois, en un geste furtif,
Ses yeux, ses rudes yeux que chaque larme étonne.

Lorsqu'après Cocherel, vaincu comme aujourd'hui,
Il vint, pendant un an, vivre à la cour du Louvre,
L'audacieux guerrier, que la gloire découvre,
Fêté du roi français, fut très vite séduit.

Mais, lorsqu'il eut repris le parti de Navarre
Et celui d'Angleterre avec le Prince Noir,
Il défit les Français, prit manoir sur manoir,
Rival de Duguesclin, l'ami du Transtamare.

Les Français, commandés par Ivain le Gallois,
Ont pu le vaincre, un jour, à Soubise, en Saintonge,
Et le Gascon s'étonne encore quand il songe
Au plaisir violent que montra le Valois.

Le roi tient en ses mains le comte de Bigorre,
Jean de Grailly, captal de Buch, le grand captal.
Et l'Anglais, confondu d'un désastre fatal,
Reculera devant un péril qu'il ignore.

Charles conservera son trésor précieux;
Refusant la rançon, les présents d'Aquitaine,
Il gardera captif le vaillant capitaine,
Ainsi que Prométhée à jamais anxieux.

Par les nuits d'insomnie où, lourde de tendresse,
La lune tend vers lui son doux rayon clément,
Le captal se soulève, et voit, confusément,
Comme une longue épée offerte à sa détresse.

Et, les deux bras tendus vers cette illusion,
Il évoque ardemment les folles chevauchées,
Les chars pleins de butin, la gloire, les jonchées,
Et rêve, en frémissant, d'une autre invasion.

La Mort du Captal.

LES rumeurs du donjon se taisent longuement ;
Et l'horloge elle-même, où chaque heure s'effeuille,
N'éveille plus d'écho. Le Temple se recueille
Dans un mystérieux et lourd envoûtement.

Un courrier, tout à l'heure, est parti vers le Louvre ;
Et bientôt le guetteur, au sommet du beffroi,
Annonce à son de cor l'équipage du roi,
Devant qui, lentement, la grande porte s'ouvre.

Devant tous, Charles Cinq, livide et soucieux,
Monte vers le captif par l'escalier sonore,
Vers l'illustre Gascon, dont la mort vient de clore
Les yeux qui s'acharnaient au rêve audacieux.

Le roi français s'arrête et lentement s'incline ;
L'oiseleur obstiné contemple l'oiseau mort,
Le grand captal de Buch au cœur loyal et fort,
Dont la gloire s'épand de colline en colline.

Charles, pensif, écoute une lointaine voix;
Elle dit : « Le captal disparaît comme Hercule,
La grande armée anglaise est à son crépuscule
Et Duguesclin te forge un superbe pavois. »

Le Départ des Anglais.

PAR un matin joyeux, le fleuve d'Aquitaine
Vomit à l'horizon, vers leur île hautaine,
La flotte des Anglais pour la dernière fois.
Ils partent, dévorés de honte et de colère;
La tour de Cordouan salue une galère
Où s'accoude rêveur le captal Jean de Foix.

Ainsi part vers l'exil Jean de Foix de Candale;
Il servait l'Angleterre et juge, sans scandale,
Qu'il doit être fidèle au suzerain vaincu,
Quand la mort de Talbot consomme la déroute
Tout près de Castillon, et qu'on voit, sur la route,
Des soldats effarés d'avoir tant survécu.

Et La Teste, là-bas, s'étonne du silence
Qui plane sur les bois, sur la campagne immense,
Plus grande des horreurs que la guerre laissa;
Il semble que la terre un instant se recueille,
La terre douloureuse où le chaume s'endeuille
Des décombres, des morts, que l'homme dispersa.

La guerre était passée, infâme et criminelle,
La malédiction pour le peuple éternelle,
Qui, sortant de la nuit, propage le néant,
Qui, fauchant les moissons magnifiques des races,
Laisse, sous ses pieds nus, ces effrayantes traces
Où l'avenir distingue un abîme béant.

Et La Teste a gémi, pendant ces jours plus sombres;
Les Bougès se terraient comme de vagues ombres;
Chaque frêle cabane avait clos ses vantaux;
Et, la guerre finie, il restait au village,
Parmi des champs perdus, des débris d'attelage,
Des habitants hagards devant quarante oustaux!

LES BOUGÈS,

HABITANTS DU BUCH

Le Salut du Marin.

COMME ces goélands aux ailes étendues,
Dont le vol zèbre l'air de courses éperdues
Et trace, en se jouant, un fulgurant sillon,
La pinasse, où la voile est un lumineux geste,
Tend son effort joyeux vers le port de La Teste,
Et, preste, elle a doublé le cap de l'Aiguillon.

Elle entre fièrement dans cette anse profonde
Que la marée emplit comme une mer seconde,
Jusqu'au pied de la dune au sable étincelant;
Là-bas, près du rivage, une flèche s'élance,
Près d'une tour carrée où règne le silence
Lourd des grands souvenirs d'un passé somnolent.

La pinasse s'exalte et frémit à la brise;
Sous l'orgueilleuse proue où l'eau se pulvérise,
L'onde semble elle-même ouvrir de gais sillons;
Et, dans les coups de vent, quand la brise est plus fraîche,
On distingue parfois les filets de la pêche
Accrochés au plat-bord ainsi que des haillons.

Soudain, l'homme de barre a tiré sur la drisse,
L'ample voile chancelle et, le long du mât, glisse
Dans les bras des marins qu'un signal avertit :
Le Testerin salue, — ô rite séculaire ! —
Le château du captal, la force tutélaire
Qui couva le village auprès d'elle blotti !

Photo d'art : Gaby Bessière.

Entrée au Port.

Le Chemin.

(XVIIIe siècle.)

De la route romaine, aux pavés de granite
Portés du pays basque au pas lent des bouviers,
Il ne reste plus rien, ni roches, ni graviers,
Rien qu'une large trace où le cheval hésite.

Le sable a dévoré l'œuvre des durs Romains !
C'est un autre océan aux naufrages énormes,
Qui cache, dans le flanc de ses vagues difformes,
La rude obsession des sombres lendemains.

Oh ! le sable ! C'est un Moloch insatiable !
Un Minotaure ardent à ravir son tribut !
Thésée accourra-t-il délivrer la tribu
De ce dieu primitif et terrible : le sable ?

Tout passe ; et ce dieu prend le temps pour allié ;
Le sable avec le temps ! Toute chose s'efface ;
L'homme peut s'acharner, le bourg changer de face ;
Quelques siècles encore, et tout est oublié.

Ainsi la voie antique, au profil rectiligne,
Qui tendait son effort jusqu'à Burdigala,
N'est qu'un triste parcours des hordes d'Attila,
Un chemin tortueux à la piste maligne.

Et les rares charrois, parfois sont arrêtés
Devant les ponts branlants ou rompus de Lamothe;
Parfois même, la mer qui déborde escamote
Les traces du chemin aux cahots redoutés.

Les Échasses.

JEANTIROUN, le berger de la ferme Gineste,
Se hâte vers le bourg sonore de La Teste.

Il ouvre, dans la lande, un énorme compas;
Il a mis, ce jour-là, pour allonger son pas,
Ses échasses les plus légères.
Sifflotant, il franchit les ajoncs, les bruyères.
Comme un désir joyeux sur ses lèvres fleurit :
Il pense au cabaret, et son cœur s'attendrit,
Et des rides d'espoir creusent sa face hilare.
Il va sur les buissons, cet échassier bizarre;
Il semble un autre Christ marchant sur les halliers;
Et fougères, genêts, ronces et prunelliers,
Sous les pas de ce dieu ne courbent point leurs branches.

Voici venir là-bas les humbles maisons blanches;
Une sourde rumeur monte du cabaret.
Et notre Jeantiroun, d'un élan guilleret,
Descend de son perchoir et glisse dans l'auberge,

6

Portant son long bâton ainsi qu'une flamberge.
Il va vers ses amis, de joyeux échansons,
Et l'après-midi passe en jeux, cris et chansons.
Jeantiroun étourdit chacun par sa faconde;
Gaillardement, nos gens, la face rubiconde,
Oubliant leurs soucis, la moisson, le troupeau,
Boivent un vin subtil en jouant au rampeau.

Le soir tombe. Chacun rejoint son domicile.
Mais maître Jeantiroun sur ses jambes vacille;
Le sol perfide ondule au-devant de ses pas;
C'est un homme égaré dans les vastes pampas,
Et qui sent sur son front peser un ciel hostile.
Ses amis, inquiets, d'un prétexte futile
Veulent le retenir d'aller par le chemin.
Jeantiroun ne veut pas attendre au lendemain,
Et, sur un tabouret, avec force grimaces,
Il tente vainement de mettre ses échasses.
Il s'emporte, il tempête, il voudrait tout briser,
Mais quelqu'un cependant parvient à l'apaiser
Et, selon son désir, on hisse notre ivrogne,
En appréhendant fort qu'il se casse la trogne.

Point du tout, et chacun le regarde, ébahi,
Juché sur ses longs pieds ainsi qu'une cigogne:
Moïse était moins fier sur le mont Sinaï
Que notre homme sur ses échasses. Droit et ferme,
Il a l'air d'un superbe et géant champignon,
Et, plantant là son compagnon,
D'une marche assurée, il repart vers la ferme.

Les “ Peychouneyres”.

Les *peychouneyres* testerines,
Les pittoresques pèlerines,
Culottes rouges, bustes bleus,
Partent vers l'est, la grande ville,
Et suivent, toutes à la file,
Le primitif chemin sableux !

Tintez, les joyeuses clochettes,
Tintez, sonores amulettes,
Au cou des fins chevaux landais ;
Chante, joviale *peychouneyre*,
Chante, voici blanchir la Leyre,
Luire les coteaux bordelais !

Sur la croupe de leur monture,
Dans une piquante posture,
Jambe de-ci, jambe de-là,
Elles vont avec de grands gestes,
La langue riche et les dents lestes,
Les éternelles Dalila.

Au rythme nerveux et rapide
Du petit cheval intrépide
Qui hennit au vent de la mer,
Le butin récent de la pêche,
La marée odorante et fraîche
Traîne comme un relent amer.

Et l'étonnante caravane
Traverse l'immense savane
Et tend vers la ligne des bois,
Pendant qu'une chanson sonore,
Puisée en l'antique folk-lore,
Met l'écho lointain aux abois.

Le folâtre équipage emplit de bruit la plaine;
Ainsi que le cortège insolent de Silène,
Cortège d'un dieu triomphant,
Elles vont, dans le soir tombant, les *peychouneyres*,
Vers le gai cabaret du hameau d'Argenteyres,
Ou vers le cabaret suivant,

Tout près de la Croix-d'Hins, la « Maison de la Grêle »,
Où, délaissant chanson et discours et querelle,
Chacune prend quelque repos;
Cependant qu'à leur tour, les pêcheuses d'Audenge,
D'Andernos et d'Arès grossissent la phalange;
Et l'auberge résonne encor de gais propos.

C'est l'heure du départ. Au seuil de la taverne,
Un charretier moqueur balance une lanterne,

Rouge paupière de la nuit;
L'air éclate d'appels, de rires et d'insultes,
Et le piétinement des chevaux, — ô tumultes ! —
Roule par-dessus tout le bruit.

Et la route s'attarde en la forêt profonde,
Où la nuit s'épaissit, pendant que le vent gronde,
Portant des loups les hurlements;
Mais le groupe hardi d'amazones farouches
Est comme une furie aux innombrables bouches
Pleines d'horribles sifflements.

Et les loups, apeurés de tous ces cris sauvages,
Sentent comme un instinct sourdre du fond des âges,
Qui hérisse leur poil d'effroi;
Et de loin, regardant l'ardente bacchanale
De leurs yeux flamboyants, leur gueule, comme un râle,
Exhale la rancœur d'un profond désarroi.

Enfin, quand le matin porte l'aube indécise
Qu'une vapeur légère à l'horizon précise
Et roule dans ses plis comme un lys indolent,
Avec l'aube se lève, au-devant du cortège,
La ville aux trois croissants que le fleuve protège,
Bordeaux, au commerce opulent.

UN DIMANCHE A LA TESTE

(1767)

Un Dimanche à la Teste.

(1767)

I

L'Appel de la Cloche.

La flèche du clocher, l'antenne bourdonnante,
Lance à tous les échos son onde frissonnante,
La voix profonde de l'airain;
Elle est un long appel, une tendre prière,
Le souvenir ému des morts du cimetière
Qui sourd et monte du terrain.

L'air vibre, l'air résonne, et porte, sur la plaine,
La voix grave des morts, comme une chaude haleine
Qui berce et console en chantant;
Dans le cœur de chacun, même sans qu'il s'en doute,
Le passé ressuscite, et filtre, goutte à goutte,
Un avenir réconfortant.

C'est dimanche ! Partout, la voix dit : « C'est dimanche ! »
Comme un ruisseau jaseur, comme une eau qui s'épanche
Et court joyeuse en s'étalant,
La voix court dans les bois, la voix court sur la lande,
Et le bel oiseau bleu de la douce légende
Avait un vol plus nonchalant.

La plus humble chaumière a frémi de cette onde ;
De l'active cabane en la forêt profonde,
La porte a claqué bien des fois ;
Et les échos subtils, comme une âme en liesse,
Vibrent de chants de joie où passe la caresse
D'une complainte d'autrefois.

Ainsi, l'onde s'étend comme la paix sereine,
Comme un espoir divin, comme un chant de sirène
Chassant les quotidiens soucis ;
Des lointains horizons, se hâte vers l'église,
Vers l'élan du clocher que l'aube idéalise,
Le peuple des Bougès prenant les raccourcis.

Photo d'art : Gaby Bessière.

La " Craste " dans la Forêt.

II

L'Office divin.

Que de groupes bruyants émergent sur la plaine !
Ils sortent des grands bois, ils sortent des buissons ;
Les bergers sont couverts de peaux à blanche laine,
Et les gemmeurs, à perdre haleine,
Egrènent au vent leurs chansons.

On se hèle, on s'accoste, et sonnent les paroles :
Les hommes vont devant, parlent de leurs soucis ;
Les femmes, dont la coiffe agite ses corolles,
Lancent, perfides ou frivoles,
Propos mordants, furtifs récits.

Et voici les maisons du bourg, blanches et basses,
Avec leurs toits moussus et leur pente à deux eaux ;
Elles semblent porter des siècles de disgrâces,
Et sont comme des femmes lasses
Qui laissent tomber leurs fuseaux.

Les groupes grossissants marchent vers la chapelle,
Et le lieu du repos semble tarir les voix;
Le champ des morts, paisible, accueille le fidèle,
Comme la poule, d'un coup d'aile,
Couve les pépiants émois!

Et le cœur se dilate en la nef trop petite;
Tous les bruits se sont tus: murmure d'oraison,
Passe sur le manant comme un souffle d'élite,
Passe léger: l'âme palpite
Et s'évade de sa prison.

Les siècles, dans les cœurs, ont tous gravé leur trace,
Ainsi qu'une charrue aux pénétrants sillons;
Le temps est une ruche où chaque année amasse
Le miel sublime de la race,
A la chanson d'humbles grillons.

III

L'Assemblée de la Communauté.

La cloche tinte lentement :
« Allez, allez, la messe est dite ! »
La foule des Bougès s'agite,
Dépouillant son enchantement ;
La réalité souveraine
Plante ses crocs au cœur, et draine
Comme un mystérieux ferment.
Et la foule entière s'écoule
Avec le bruit sourd de la houle :
La cloche tinte lentement.

Et voici que quelqu'un apporte,
Devant la principale porte
De la chapelle Saint-Vincent,
Une chaise, une longue table ;
Autour d'elle, chaque notable,
Sergent royal ou commerçant,
Tous les manants, gemmeurs, pilotes,
Ceux des forêts et ceux des flottes
Sont l'auditoire frémissant.

Ils sont, selon l'antique usage,
Le rite transmis d'âge en âge
Dans les terres du Captalat,
Devant l'église paroissiale,
Ils sont la cellule sociale
Qui se réunit sans éclat,
Près l'auberge spirituelle,
Où l'on sent frémir comme une aile
Prête pour un apostolat.

Ils furent assemblés aux formes ordinaires,
Les manants, habitants, marchands, propriétaires,
Les maigres résiniers, les solides marins :
Ils sont les délégués des foyers testerins.
Il y a quelques jours, sonnant à la volée,
La cloche convoquait le peuple à l'assemblée,
Une affiche, lundi, sur l'orme se fixa ;
Et même, en son sermon, le prêtre l'annonça.

La foule est, semble-t-il, impatiente et sombre.
Les Bougès sont venus de partout, en grand nombre,
Pour ouïr le syndic de la communauté,
Messire de Chassaing, qu'ils avaient député
Pour porter à Bordeaux une ardente requeste,
Au nom des habitants des terres de La Teste :
Faire opposition aux ventes d'un désert
De landes et vacans, au dit sieur de Nézer.
Chacun parle vacans, padouens, droits d'usages,
Et l'on peut deviner, à l'éclat des visages,
La farouche énergie et la ténacité.
Qui mord un Testerin produit un révolté.

Le syndic va venir, escorté d'un notaire.
Et, comme une forêt dont le feuillage austère
Se creuse, au pare-feu, d'un limpide sillon,
Les Bougès, emportés par l'âpre tourbillon
De l'envie énervante et de la méfiance,
Sont deux groupes distincts qu'arme la malveillance :
D'un côté, les marins, les pêcheurs, Argilas,
L'oracle Jean Cravey, tel le devin Calchas,
Pierre Digna, Pierre Amanieu, et combien d'autres,
Le visage sanguin comme de bons apôtres,
Et le torse moulé dans de gros gilets bleus ;
Plus loin, les résiniers, dont les gros poings calleux,
Etonnés de sentir le vide du dimanche,
Semblent chercher encor la caresse du manche
De leur *hapchott* siffleur plus qu'un merle au printemps.
Ils semblent douloureux d'avoir marché longtemps,
Et parlent d'un air las qui s'excuse et s'efface.
Voici Pierre Camin, Dauris, Moyzès, Ducasse,
Ceux de la Bat du Loup, et ceux des Gaillouneys,
Et ceux du Hourn Laurès, et ceux des Esparbeys,
Et ceux de Massoutan, et ceux de Baque Morte ;
Tous les coins de forêt sont là devant la porte.
Quelques femmes aussi : veuve Jeanne Tauzin,
Femme de feu Laborde, et qui tient magasin ;
Demoiselle Rosa Desgons, fille majeure ;
Chacune aura le droit de parler tout à l'heure.

Enfin, voici venir Jérôme de Chassaing
Avec Pierre Peyjehan, notable et médecin,
Et maître Gâtelet, Bordelais et notaire.
Celui-ci s'est assis d'un geste autoritaire.

Aussitôt le syndic commence un long discours;
Des mots sonnent; c'est comme une chanson qui court,
Et berce tous les cœurs et fait rire la lèvre;
Et la communauté sera comme une chèvre
Qui broute, simplement, la longueur du licou.
Le dit sieur de Nézer veut bien, encore un coup,
Réduire fortement les dommages énormes
Que la communauté doit payer dans les formes.
On y peut consentir.
A l'unanimité,
Cet impôt pèsera sur la communauté;
Et Monsieur de Chassaing, ayant ôté l'angoisse,
Est élu, derechef, syndic de la paroisse.

IV

Dans le Cimetière.

Les femmes des grands bois, les femmes de la lande
S'en vont, après l'office, apporter quelque offrande
Sur la tombe des trépassés,
Disposer quelques fleurs de leurs mains malhabiles,
Et puis s'agenouiller, longuement immobiles :
Sourd murmure des cœurs blessés !

Elles sentent le poids des choses éternelles,
Et la croix des martyrs s'appesantit sur elles,
Au rythme de leur vie, hélas !
Le mystère divin est un cri d'espérance,
Mais l'humble cœur humain ruisselle de souffrance
Et porte un monde, comme Atlas.

Pourtant, le cimetière est un jardin tranquille,
Un champ silencieux, ou plutôt comme une île
Fermée au flot des passions,
Une douce retraite, où la paix souveraine
S'attarde à recueillir la chanson de la graine
Qui s'apprête aux ascensions.

Et c'est la voix des morts, comme un pieux mystère,
Qui monte dans les cœurs, qui monte de la terre,
La terre douce aux os blanchis,
La terre maternelle où la vie harmonique,
Dans son torrent subtil au rythme magnifique,
Mêle les morts, ces affranchis.

Et l'église surgit au milieu de ces tombes,
De cet autre village où viennent les colombes
Apporter la paix sur les croix,
Ces croix de bois de pin, qui sont comme une garde,
Dont le geste s'élance au clocher, qui regarde
Ces soldats noirs et toujours droits.

V

Les Enfants.

Les sabots claquent sur les dalles,
A pas rapides et menus;
Ainsi les stridentes cigales
Font vibrer leurs chants ingénus,
Ainsi les enfants en grand nombre,
Dans le temple empli de pénombre,
Courent, joyeux, vers la clarté,
Vers le ciel de la porte ouverte;
Ils vont comme à la découverte,
Ils sont un désir emporté.

Ils sortent, ivres de tapage,
De cris, d'air et de liberté;
C'est un magnifique équipage
Hurlant dans le vent sa fierté.
Ils vont, agiles dans l'allée,
Comme une bruyante envolée,
Comme des moineaux vont piaillant;
Ils vont, dans un bruit de galoches,
Et l'on entend sonner les poches
Où les mains lestes vont fouillant.

Vite, vite, autour des boutiques,
Autour des marchands de bonbons,
Ce sont des mines extatiques,
Où les yeux, comme des charbons,
Brillent du désir qui dévore ;
De gros marrons que le feu dore
Sont à griller sur un fourneau ;
Et l'humble vieille tremblotante
Partage la manne brûlante
A chaque petit tyranneau.

Plus loin, une simple brouette
Exhale un doux parfum d'anis,
Comme une exquise cassolette !
Ce sont les gâteaux de maïs,
Le millas roux, la millassole,
Gâteaux ronds comme une boussole,
Où le couteau tranche à loisir.
Et la chair molle et parfumée
Dégage une blanche fumée.
Les gars se hâtent de choisir.

Et ces enfants, — ô privilège
De la jeunesse et du printemps ! —
Comme un frénétique cortège,
Débordent de cris éclatants
Et semblent saisis de délire,
Comme un poète dont la lyre
Vibre d'un frisson éperdu ;
Ils mordent de leurs dents avides :
Les pommes d'or des Hespérides
Valent-elles le fruit mordu ?

VI

Dans l'Auberge.

Les hommes sont partis vers les maisons bruyantes,
Vers l'auberge sonore aux tables accueillantes,
Lourdes tables aux bords usés,
Dont le bois, lentement poli par chaque manche
Qui s'y vient appuyer dimanche après dimanche,
A pris des tons noirs ou bronzés.

Les groupes sont entrés dans quelque longue salle,
Où la porte qui s'ouvre au visiteur exhale
La chaude haleine du bonheur
Et l'attrait savoureux d'un moment d'allégresse,
Qui porte, dans le bruit des heures de paresse,
L'oubli d'un écrasant labeur.

Le foyer, dans le fond, sur des landiers solides,
Porte d'énormes troncs, comme des chrysalides
D'où surgissent des papillons
Aux larges ailes d'or, dont les reflets épiques,
Sur les visages bruns plaquent des mosaïques
Riches de tous les vermillons.

Les hommes sont assis autour des tables rudes;
Ils sont là, dédaignant le poids des lassitudes
Qui s'accumulent dans leurs os;
Et joyeux, balançant leur banc avec délice,
Ils hument la douceur du jour, plus fiers qu'Ulysse
Dans la grotte de Calypso.

Et la salle bourdonne ainsi qu'une autre ruche;
Sur les tables, du pain, du jambon, une cruche
Pleine de ce vin testerin,
Ce vin où le soleil a mis sa douce ivresse,
Dont le parfum robuste est comme une caresse
De fée au geste souverain.

Oh! la chanson légère et douce des minutes
Pleines de gais propos, de refrains, de disputes
Qui montent des larges bérets!
Tous les marins bruyants, colorés et loquaces
Oublient le bercement des légères pinasses;
Les gemmeurs oublient les forêts.

Des rêves ont germé dans les simples caboches,
Rythmés par la chanson allègre des galoches
Frappant en cadence le sol;
Parfois surgit l'envol d'un hymne magnifique:
Un chanteur s'est dressé, véhément, pathétique,
Plus droit que le pin parasol.

Et c'est comme un frisson qui redresse les faces,
Comme un rêve infini que puise, au fond des races,

L'aile d'un chant trop oublié;
Et, lorsque le refrain nostalgique s'enfièvre,
C'est un bouquet d'amour qui monte à chaque lèvre
Du groupe au cœur multiplié.

Et quand le soir très doux, sur la lande et les chaumes,
Mêle, avec le zéphyr, ses pénétrants aromes
Et tient les portes de la nuit,
Partout des chants lointains emplissent le silence :
On dirait des échos attardés que balance
La forêt sombre où rien ne luit.

LE PAYS

Le Chemin des “Bros”.

Les *bros*, avec les jours, passent inépuisables,
Suivant, sans se lasser, l'immuable chemin
Qu'un hardi muletier a marqué sur les sables,
Ecrivain primitif d'un rude parchemin.

Le sol meuble et croulant est rebelle à la trace,
Comme, au choc du ciseau, le marbre de Paros;
Mais l'artiste a campé l'aile de Samothrace
Et deux larges sillons sont la piste des *bros*.

Deux sillons réguliers sont là, comme un message
De l'homme industrieux, persévérant et fort;
La superbe forêt se fend à leur passage,
Elle a senti d'instinct l'irrésistible effort.

Et ce fil d'Ariane, au flanc de la colline,
Semble avec le relief éviter un conflit:
Il serpente, déroule un méandre et s'incline
Pour foncer dans la *lette* et creuser droit son lit.

Plus loin, il a heurté de front la longue dune
Que le sommeil étale en forme de croissant.
L'horizon est barré de sa croupe importune :
La route doit monter à l'assaut du versant.

Les deux larges sillons, dans une course brève,
Appuyés sur le ciel, — ô mirage émouvant ! —
S'élèvent sans effort vers l'infini du rêve,
Echelle suspendue au nuage mouvant.

Le Pin borne.

Au milieu des grands pins dont la blessure exhale
Le magique parfum dans la brume des soirs,
Le pin borne surgit : pilier de cathédrale,
Gardant le souvenir des divins encensoirs.

Il élève plus haut sa voûte de ramure,
Et montre avec orgueil ses flancs vierges du fer.
Ses flancs rugueux sont bruns, telle une antique armure ;
Jamais ils n'ont saigné, jamais ils n'ont souffert.

Il est superbe et fort, il est inviolable ;
Au milieu des martyrs, il est le pin tabou ;
D'autres sont abattus, il est invulnérable,
Et son cœur pourrira qu'il restera debout.

Mais son port insolent et sa beauté hautaine
Sont le vain ornement d'un stérile tombeau.
Ses frères, près de lui, sont comme une fontaine
De gemme précieuse, et finiront sans haine
Dans l'âtre empanaché comme un joyeux flambeau.

La Dune Sablouneys.

La dune Sablouneys, dont la cime s'élève
Aux portes du bassin, au seuil de l'Océan,
Semble un monstre marin échoué sur la grève,
Qui berce là son dernier rêve
A la chanson de l'ouragan.

Elle est comme une borne aux confins de deux mondes,
Elle est la sentinelle insensible à jamais;
La mer lui rend hommage en grossissant ses ondes,
Et la forêt, masses profondes,
S'élance à l'assaut des sommets.

Elle vibre au soleil d'un reflet métallique,
Ainsi qu'une forêt de glaives frémissants;
Et lorsque le suroît soulève sa tunique,
Comme un nuage fantastique,
Le sable monte les versants.

Oh ! les yeux accrochés à sa croupe hautaine !
Les yeux des durs marins qui tendent vers le port !
Elle semble un message, elle semble une antenne
Portant la douce cantilène
Qui met des pleurs dans un cœur fort.

Parfois monte vers elle, avec une humble plainte,
Un groupe douloureux dans ses gestes lassés ;
Des yeux errent sur l'eau, lourds d'angoisse et de crainte ;
La mère, d'une folle étreinte,
Retient ses enfants embrassés.

Et la dune insensible au soleil étincelle
Et ne tressaille pas des sanglots d'un enfant ;
Elle n'a pas d'écho pour la voix qui chancelle :
Elle est la lutte universelle,
Elle est l'obstacle triomphant.

Photo d'art : Gaby BESSIÈRE.

Perspective sur le Bassin.

Ma Pinasse.

GLISSE rapide, ma pinasse,
Glisse rapide sur les eaux,
Où ton hardi passage trace
A peine un sillage d'oiseaux.

Les ris sont pris, la brise est fraîche,
Et la voile s'enfle. En avant !
La pinasse est comme une flèche
Qui rivalise avec le vent.

Hardi ! Le plat-bord frise l'onde,
La rame, inutile, s'endort ;
Sous la barque, l'écume blonde
File une longue tresse d'or.

Glisse rapide, ma pinasse,
Glisse rapide sur les eaux,
Où ton hardi passage trace
A peine un sillage d'oiseaux.

A Jean Hameau.

Au trot nerveux et sûr d'un cheval inlassable,
Il revient de Cazaux par le chemin de sable,
Frôlant les ajoncs rabougris,
Le bon docteur Hameau du vieux bourg de La Teste;
Il s'en va, l'air pensif et l'allure modeste,
Au milieu des buissons fleuris.

Il aime la douceur des soirs au couchant rose,
Où le jour, qui finit dans une apothéose,
Va s'engloutir dans l'Océan;
Et, bercé par ton chant, ô stridente cigale!
Il sent monter du sol la chaleur qui s'exhale
Comme l'haleine d'un Titan.

Il s'en va vers le nord, comme marchait Moïse;
La maison s'ouvrira comme une fleur exquise
S'ouvre au baiser d'un gros bourdon,
Pour le griser de sucs, de parfums et d'extase;
Aussi le bon docteur, que la fatigue écrase,
Tend son désir comme un brandon.

Dès l'aube, il est parti remplir son sacerdoce,
Vers le sud, vers Cazaux, Sanguinet, Biscarrosse,
Par la lande aux rudes sentiers;
Mais voici du clocher la douce silhouette,
Voici des bruits confus, des voix, une clochette,
Et la maison aux murs altiers.

J'aime à m'imaginer, ô penseur intrépide!
Votre ombre, dans le soir qui frissonne et s'épand,
Comme un pin frémissant qui s'érige, splendide,
Au plus haut de la dune aride
Inaccessible au vil rampant.

Comme le pin altier fixé sur la colline
Plonge vers l'occident un regard plus profond
Pour retenir longtemps le rayon qui décline,
Dernier rayon dont s'illumine
La flèche de son noble front,

Ainsi vous exploriez, d'un regard perspicace,
La vie où pullulait l'infiniment petit,
Et votre œil bleu, rempli d'une tranquille audace,
Plongeait au gouffre de l'espace,
Ivre de doute et d'appétit.

Lorsque le penseur jette au monde
Le fruit ardent de son labeur,
Lorsque son génie âpre gronde
Sur la routine et sa torpeur,

Lorsqu'il semble être un lourd blasphème
Qui, tel le géant Polyphème,
Ecraserait l'ordre établi,
Alors on voit grandir une ombre;
Et le génie orageux sombre
Dans la misère ou dans l'oubli.

Mais toujours ourdissant sa trame,
Le temps roule comme un torrent;
L'idée a bondi sur la lame,
Et, dans un éclair fulgurant,
Voici qu'elle surgit sublime,
Dominant la plus haute cime
Et subjuguant l'œil ébloui;
Et le génie au bras robuste,
Dominant les cris, calme, auguste,
Semble un dieu sur son Sinaï.

Ainsi Pasteur si lourd de gloire,
Sommet où déferlent nos voix,
M'apparaît vivant dans l'Histoire
Sur un magnifique pavois,
Juché sur les épaules rudes
De ceux qui, dans les solitudes,
Brûlèrent leur aile au flambeau:
Vous êtes là, docteur modeste
Humble praticien de La Teste,
Cariatide, ô Jean Hameau!

O gloire si longtemps obscure!
Voyez, les yeux se sont ouverts;

Vous êtes une enluminure
Sur le vitrail de l'univers;
Vers votre souvenir vivace,
Monte, surgi de votre race,
Un hymne pieux et fervent;
Malgré l'effort des vents hostiles,
Vous touchez aux plaines fertiles
Qui vibrent au soleil levant!

Table des Matières.

A LA VILLE, A MES ANCÊTRES

LES TEMPS ANCIENS

LES CAPTAUX DE BUCH

LES BOUGÈS, HABITANTS DU BUCH

UN DIMANCHE A LA TESTE

LE PAYS

GRAVURES HORS TEXTE

Photos d'art : Gaby BESSIÈRE.

10.373. — Bordeaux. — Imprimeries GOUNOUILHOU, rue Guiraude, 9-11. — 1926.

www.ingramcontent.com/pod-product-compliance
Ingram Content Group UK Ltd.
Pitfield, Milton Keynes, MK11 3LW, UK
UKHW021106270726
13993UKWH00006B/1044

9 782329 200484